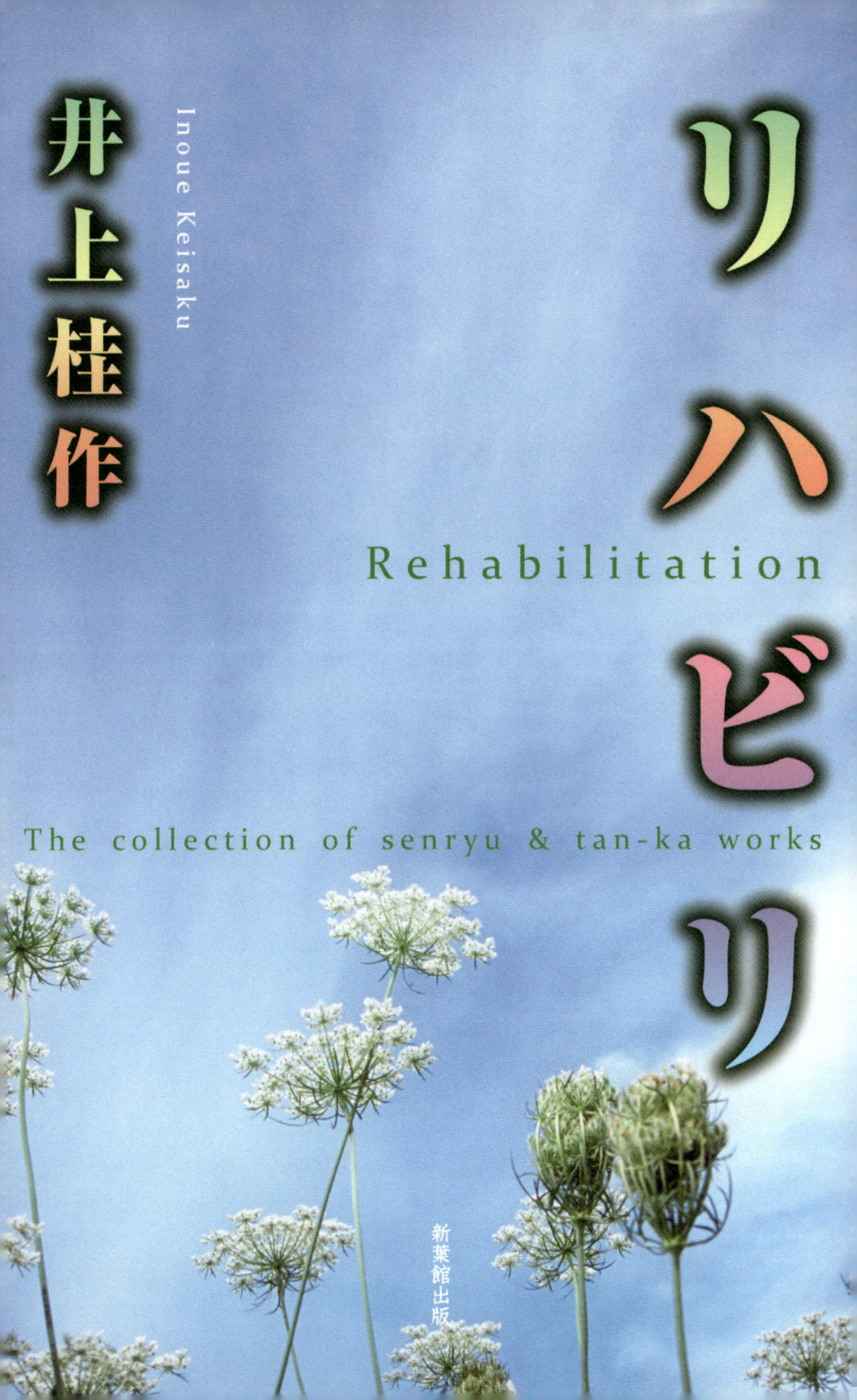

リハビリ

Rehabilitation

井上桂作

Inoue Keisaku

The collection of senryu & tan-ka works

新葉館出版

まえがき

井上　桂作

「柱のきずはおととしの五月五日の背くらべ」と、つぶやきながら五月五日の節句の当日、映画でも行こうと鼻歌まじりで身支度の途中でした。

どうしたことか、なんの前兆もなく左足がしびれ転んでしまう。

幸いに畳の上でしたが、激しく転ぶ音に驚いて妻が二階からかけおりてくる。早速近くの長女にも連絡、孫まで連れてやってきてくれる。おどおどしながら狼狽している妻をみながら救急車を呼ぶ。救急車を待っている間左手もしびれて自由がきかなくなったことがわかる。みんなに抱きかかえられて椅子に座る。間もなくはげしいサイレンの音を響かせて救急車が我が家の前に停まる。すぐに担架にのせられて車に寝かされる。

早速乗務員は、どこかの病院であろう相手に連絡して行き先の病院を決めた様子でした。

救急車は猛スピードで出発して、わずか数分で大きな病院に着きました。すぐに看護婦がでてきて診察室に運ばれ、少し離れたＭＲＩの部屋にて脳波の検査が始まりました。約四十分、耳をつんざく騒音になやまされながら検査をうけ、結果は脳梗塞と判断され五階の病室に運ばれました。

この時から十二日間ひたすら点滴をつづけながら静かにベッドに寝るしかありませんでした。頼んで個室に移り、寝がえりもできず毎日天井を眺め注射液の交換にくる看護婦さんを待つだけです。病気で苦しんだ経験もなく、一番困るのは大小便のこと。最近は水漏れのしないおしめがあり、その点思ったよりも楽でした。苦しい点滴が終わると五階の個室から七階の個室に移りました。

入院した守口生野記念病院は、我が家から比較的近く、有名な菅原道真公を祀った佐太神社の近くで国道一号線を少しはいったところにあります。三洋電機の物流センターに以前行ったことがあり一度来たことのある場所でした。近くには同じ生野病院系統のデイサービスセンターが建っています。

七階はリハビリ患者の病室でもあり、体の不自由なお客さんの言わばホテル替りの寝室になっています。したがって入院患者の食事も味付けが行き届いており、看護婦も比較的のんびりしています。手術など血の気の少ない病室はどうしてか緊張感がうすいように思われます。約三か月間脳梗塞でしびれた左手足の回復のために、調度暑いさなかクーラーの効いた病室ですごすことになりました。

リハビリという言葉は知っているようで正確に知りませんでした。最近は外来語がむやみに多く、辞書によると和製英語とも書いています。日本で作られた英語で普通の言葉となっていますが、お互いに老人となると覚えるのにひと苦労です。回復という抽象名詞と辞書には出ていますが、正確にはリハビリテーションだとわかりました。「回復」というこの漢字よりも、現在では「リハビリ」の方がわかり易いかもしれません。

このたび、守口生野記念病院の二階リハビリ室に入って驚いたのは、患者と療法士が和気あいあいとして談笑しながらリハビリに励んでいる光景でした。同じ医療行為でも患者と医師の取り組み方が違っているように思います。若い女性の療法士と談笑しながら治療をうけている男性老人の姿をみると、しばし憩いのひと時であるように感じます。

広い二階の大部分は、この治療室で無数の治療用具が置かれ、外来者が多数出入りしています。七階から二階の治療室へ毎日二回療法士に連れられリハビリを受けることになるのです。

リハビリ以外に、言語障害の患者さんに、毎日一時間若い女性の介護士の説話が続けられています。私の場合は幸いにして障害はなく、五十音図の復誦は一回で済みました。短大出身の若い女性の先生のお話は老人には単純すぎて聞きあきます。そうかと言って職務規定により止めるわけにはいかないとのことで苦労しました。話しあいの結果、逆に守口の歴史の話をして時間を過ごすことになりました。他の患者さんには、若い女性の話は面白いという人もいましたが、私には孫娘のような若先生の話は勘弁してもらいました。後でわかったことでしたが、先生方に一生懸命得意になって歴史の話をしていた私が恥ずかしいような思いになりました。若い女性の先生方が私よりも役者が上のようです。

七階のリハビリ室に入ってからは、毎日短歌と川柳を併せて十二句(首)書き続けましたので、ぼけ防止には多少とも役立ちました。個室から四人部屋に移って毎日外を眺めながら千句を超える短歌川柳を詠んでこの後時間を過ごしました。

最近はリハビリの制度がととのい、保険を対象とした療法士の介護が行き渡り、若い男女の療法士の資格の為の専門学校も生まれているようです。若い優秀な男女の多くは数倍の競争率で活況を呈しているといいます。

そのせいか二階の治療室には有資格の若い療法士が主に老人を相手に治療に専念している姿が見られます。昔は時間をかけてリハビリに専念できる保険制度もととのわず、寝たきりになって生涯を終わったと聞きます。現在は保険制度を受けて社会復帰を果たしている人が多いといいますから、一割の納付で済む保険制度は誠にありがたいことです。

リハビリ

目次

リハビリ——

一　はじめに

知らぬ間に左足まひなすすべも
幸いに畳の上のことなれど
物音にびっくり妻は色なして
知らぬ間に喉が渇いてもの言えず
救急車わずか数分家の前

乗せられてどこへ行くのかふと不安
すぐ電話生野病院許しこう
早速に猛スピードで玄関に
見なれない病院なれど佐太あたり
思い出す物流倉庫あとなれば

手際よくタンカに移し運ばれる
別室のＭＲＩにいれられる
耳つんざく脳波の検査長いこと
付添いの孫の顔にも安堵感
ぼんやりと不安は去ってひと呼吸

複雑な脳の作りを今更に
幸いに左手足のまひで済む
この日より十二日間泣きづらに
容赦ない点滴針で傷だらけ
怖いのは目やにで目先まっくらに

畳よりベッドに代わり落ち着かぬ
ベッドより転げる夢を情けない
一日中針の痛さに泣かされる
個室入り今後の夢を一人みる
目の治療目脂《めやに》どうにか先が見え

点滴も時効をむかえリハビリに
七階の病室宿に寝間代わる
下痢つづきおしめのままで只無念
お一人で自由にトイレいつになる
四人部屋代わり互いに気を遣う

男性のぼけ老人は要注意
朗らかに装う婦長楽しいよ
看護士はぼけ老人の守り役
脳梗塞防ぐ手立てはなかったか
後悔は先にたたずと只無念

北の空山並遠くそびえ立ち

満足に茶碗握れぬ悲しさよ

ビルの中暑さも知らぬ籠の鳥

不自由な体でゆるり夕御飯

個性ある看護士さんは頼もしい

点滴のきずあとながく手に残り
毎日の下《しも》の始末に気を遣い
侘しさは人にも言えぬ患者たち
はばかりで憚りいらぬため息を
車椅子で遊ぶ老人いたいけに

今晩も下のお世話になり悲し

同室のぼけさん呻き声もかれ

夜中でも喚声あげて人を呼ぶ

お揃いのエプロンうれしご夕食

口あけて御飯をねだるひばりの子

25　リハビリ

二　リハビリの日々

大勢の患者と起居を徒に
回復を願い毎日おつとめに
母さんのママ事遊び繰り返し
手も足もわずかながらも効きめあり
年若く希望に満ちた療法士

人よりもむしろ軽いと感謝せよ
泥沼を幸いにして今があり
病室のホテルに移り希望持ち
己には予知できぬのかこの病
ビル二階治療室では福をよび

不自由な客の手足にヘルパーは
脳医学解明不足と本にみる
療法士男女それぞれ客むかえ
疲れても歩く練習大事にし
老人のだまり夕飯なおさねば

一週間悩んだ下痢も快方に
入院の厳しさに耐え明日を待ち
ひたすらに回復願い手足もむ
手も足も少しは楽にほっとする
毬投げで手の感触をお優しく

大勢で揃って食事楽しいな
毎日をリハビリ騒ぎ明け暮れる
歩くこと何と難し技だろう
入院は辛抱大事と身をもって
八十の入院やはり身に堪え

比較的治り早いと気休めに
息ながくリハビリ続く毎日に
うれしいな少しは物を握られる
リハビリの効果少しは望みでる
気の疲れか頑張ってと励まされ

それぞれに患者のみんな個性みえ
両足のバランス大事忘れたか
つまずいて歩く幸せ遅すぎた
四脚の足杖使い安全に
かないそうどうにか望みここにきて

よく眠り元気で今日もさあ起きて
できるなら望み適えて帰りたい
リハビリもどうにか馴れて懸念消え
息ながくリハビリつづけ明日を待つ
夕飯時家族出向いてお食事を

自分までぼけ老人と疑われ
脳梗塞気のとおくなる病です
歩くこと赤ん坊に見習えば
吾が輩の努力に望みかけるだけ
左手の機能どうにか蘇り

左足もようやく動き覚えたり

おひとりでトイレにいける嬉しさよ

汗かいて己が務めと歩きおり

日曜は代わりの法士のひとびとで

行きたいなコーヒー飲みに階下まで

三　続リハビリ

年よりの入院多くかわいそう
退院まで歌はつづけて頑張るぞ

すがすがし百日ぶりに散髪を
毎日がなれあいになり要注意
まひの手も握力ついて自信もち

おやさしい看護士言葉救われる
看護師を呼んで喜ぶ患者さん
入院も百日超えて一人前
左足ふみごたえあり楽しみに
リハビリも思えば悲し病かな

汗かいて歩きつづけてお腹すき
リハビリも今が大事と希望持ち
リハビリも医者を信じて効ありと
労りを知らぬふりする悪いくせ
一言が多い老人私も

子供の日事故より数え一年に
百歳のばあさんうれし仲間入り
有難うお礼言葉にリズム付け
個室より大部屋楽し仲間ふえ
サッカーが盛んにテレビ新聞に

腹くだす絶食しても治さねば
治療費をみては驚く請求書
一か月百万超える治療費が
有難や一割ですむ自己負担
保険金国を相手に病院は

医者は皆国を相手の御商売
腹下し少しは止り薬効く
ぼけ老人次第にやせてみるかげも
大声で看護士おこしなぜわめく
朝食はにこにこ顔で座ってる

四人部屋患者の配置むつかしい
朝早くお風呂をあびてやるきでる
歌詠みも少し疲れてにぶくなる
大相撲とばく騒ぎで落ちつかず
待ちわびた大阪場所はお流れに

大好きなお相撲なればご心配
窓の外国道夜も車こむ
休まずに家内日参感謝する
床をふく毎日黙って掃除婦さん
来客と会話疲れてよくねむる

騒がしい認知患者も数のうち
つゆ明けに風呂のサービスありがとう
一人でもトイレ許されようように
夏休み孫よ是非とも来ておくれ
新聞を毎日取寄せ人並みに

改めて忘れてならぬ母の恩
患者さんすがる気持ちは皆同じ
杖つかずいつになったら街中を
本人の努力しかないこの病
雲去りて白一色の空あける

四　西の空眺めて

西の空窓より覗く空模様
淀川の光る水面を遠くより
満水で堤防雨はあふれそう
今日もまたかすんで見える佐太の宮
雨雲の行く先よんで梅雨を知り

予想では雨が多いと気象台
ビルの中ベッドの上で梅雨ごもり
温暖化天候不順のつづくこと
列島が谷底となるこの季節
世界一うっとしい梅雨時は

霧の中川船今日は姿なく
雨の中休まず川のゴルファーは
薄曇生駒の山に霧流れ
澄み渡る大空眺め気宇を大
梅雨ながら午後よりずっとよい天気

大雨の予想はずれてから梅雨に
天気よく愛宕の山もうっすらと
梅雨に入り一週間も雨忘れ
川上は雨と思《おぼ》しく満水に
梅雨らしく汗をかいては目をさます

梅雨空は行き交う雲で入り乱れ
梅雨空は雲の動きの速いこと
一日中淀川の上霧おおう
雨雲がじっと動かず空かくし
もう一度大汗かいて働こう

梅雨時期は北海道で過ごしたい
朝早く再び眼科診断に
雨雲が北より東動き急
すぐ消える動きの速い夏の雲
梅雨空の本降り予想少しずれ

今日もまた雨の気配がいずこにか
梅雨なれど青空の朝すがすがし

めずらしや梅雨空にみる飛行雲

黒い鳥都会の空をわがものに
小雀を烏が追って森の中

空かくす雨雲今日はいずこにか
北河内いつしか烏多くなり
から梅雨は忘れたような青い空
淀川の堤防にそう草木が
三日ごと朝風呂うれしよみがえり

快晴の朝すっきりと気持ちよく
梅雨なれど残る雨雲動かない
梅雨あけて本格的な夏むかえ
街中のアジサイみては廻りたい
梅雨空に飛行雲とはめずらしい

梅雨去りて気分はよいが汗だくに
梅雨空も次第に晴れて青い空
どこからか蝉の声して秋をよぶ
梅雨名花あじさい今年幻に
梅雨あけてリハビリ更に精が出る

五 希望

病室で歌詠みながら暮らす日日
左足踏み込みできず困り果て
左手の握力更についてきた
新葉の雑誌マガジン久しぶり
満足に歩き出すのはいつじゃろう

回復まで弱音はいては駄目ですね
川柳塔雑誌読むのもなつかしい
一人だけでトイレに通うお楽しみ
毎日の妻の見舞いはありがたい
今更に家族の愛のありがたさ

尿漏れもなくなり今宵ぐっすりと

退院も後一ヶ月どないしよう

杖をつきよちよち歩きでも楽し

夏休み次男も共に居てくれる

川柳の整理少しは急がねば

今宵には阪神勝ってよく寝れる
願いこめ歌も次第に赤裸々に
療法士家まで出向く約束を
イギリスへ留学孫も旅立ちぬ
孫娘送って少し涙ぐむ

振り向けば残る人生いくばくぞ

豊かすぎもったいないいを忘れてる

伝い歩き少しはうまくなりました

ＭＲＩ嫌いな検査何回も

七階の婦長の態度いつになく

女性だけの上に立つのも難しい
おじやでは腹ふくらまず元気なし
左足ふみこみ弱く心配に
杖ついて廊下を廻り精が出る
この夏は遊んで暮らす果報者

毎日を考えなしに暮しおり
満足に歩き出すのは何時のこと
左手でお茶碗握りごちそうに
汗知らずクーラーづけの三ヶ月
帰る時歩行できれば嬉しいが

入院で失いし日もどかしく
歌詠んでこの苦しさを忘れたい
歌詠めば孤独に耐えて生きられる
知らぬ間にリハビリだけの三ヶ月
日曜日なんと侘しい日をおくる

今朝少し微熱が続き起きにくい
大病院は親切心をなくしたか
薬師寺の親子揃ってお見舞に
長男が治療費送る有難い
物の見方考え方のむずかしさ

価値判断見方の差あるこの社会

帰ってもリハビリ覚悟と教えられ

久しぶり妻と我が家が待っている

介護士のなやみを聞いて同情す

環境の変化が歌を幅広く

両隣り見舞二人で来てくれる

有難う御礼の言いよう数あれど

せめてもの輝き欲しい老いの坂

流れ星見ては今夜もやすらかに

祝日の意義など忘れひる寝する

血圧が乱高下して落ちつかず
考えれば残る人生なにをする
時の流れ時代の差には抗し得ず
リハビリは試練と思い覚悟する
詠み難し人の本音に迫る歌

入院で弱気となりて歌にまで
歳いても好奇心をば忘れなく
掘り下げて新しい歌作りたい

対岸の江口の里を遠くより
黒髪も次第に白髪丸刈りに

幸せな蝉はリズムを知っている
政治家はかくし切れない黒い霧
能無しも人の悩みを聞く歳に
物知りのじいと思われ相談が
政治家の裁判今日も太字にて

離婚した看護士さんの悩み聞く

よく動く若いパーサー人助け

療法士若い男女が競い合い

川柳も次第に増えて千句超え

窓の外かすかなれども蝉が鳴き

大股でゆっくり廊下歩きたい
朝地震にげるすべなし患者たち
歌詠んで希望新たに毎日を

六　デイサービス

連れられて静かに集うご老人
顔合わせ互いに用はありません
物言わず目礼だけで座るくせ
朝早く眠りこらえて会場に
オーイお茶家では言えぬご時世に

今日一日愉快に送るデイサービス
お食事に下のサービス受けながら
愉快そうに心配なしに一日を
お互いに遠慮のいらぬお付合い
リハビリをうけて汗かき朝風呂に

なかなかに楽しい話題みつからず
新しい友と語りてぼけ防止
サッカーは動きが早く目まぐるし
昔から相撲ファンはおとしより
老いの坂デイサービスで夢果たし

この悩みいつも忘れるデイサービス
カラオケも思いのほかに役に立ち
朝風呂はねむけさましに好都合
毎日がぬり絵ぬり絵の少女趣味
ぼけ老人相手に少し手を抜いて

その昔遊んだ将棋役に立ち
好奇心忘れぬ人は老いしらず
野球好き阪神ファンはうまが合い
お話はしたいがやはり邪魔くさい
ぼけ防止会話大事と教えられ

いつの間に会話のはずむおばあさん
すぐ馴れて化粧までする老婦人
話などわすれたようなじいさんも
昔から頑固じいさんだんまり子
お互いに過去は知らない間柄

リハビリ

今から考えると、脳梗塞を防ぐ手立てはなかったものか、十年ぐらい前同じロータリークラブ会員の藤井先生から「あなたの顔は赤すぎる」と言って、診断をしていただいたとき、なぜすぐに薬を飲まなかったのか。この薬は飲み始めると生涯続けて飲む薬だと実兄が笑って飲んでいたのを見て、なかなか飲む気になれませんでした。母も脳梗塞を患い随分と苦しんでいたのに。

それで次第に怖くなり、タバコを止め、六十歳になった時、世界史を学ぶために晩酌も断っていました。遺伝的にも自分は危ないことを承知しているはずなのに、今更反省しても時すでに遅く、矢っ張り横着でした。

突然に病で倒れて四年あまりの年月が経ちました。転んで左手を骨折、最初はお茶碗を持つのも不自由でした。左手の骨折がなければ、これ程苦しまずに済んだかもわかりません。

杖をつきながら一人でどうにか歩けるようになり、デイサービスでも行って保養しようと考えたのが大きな間違いでした。営利中心の組織が多いので、電鉄会社の子会社であれば安心できると思い希望して行ったデイサービスのお風呂でひっくり返り、頭部を強打して前後不覚になり、さらに左手を骨折して再度入院の羽目になり一年半も無為に過ごすことになった訳です。

私共老人を受け入れる病院も、患者数が多くなったせいかサービスも著しく低下して、入院しているのも耐え難いような病院もあります。この病気でなんとか歩けるようにとリハビリに通う患者も、二年から三年経てば不自由を当然のように思い、看護師さんも極めてのんびりしたものです。

昔からこの病気は中風と呼ばれていたようですが、足または腕の麻痺する半身不随の病で不治の病と理解されてきました。

有資格の療法士さんですら歩くしかないと考えているようですが、医師と協力しての研究が必要ではないかと思います。

ガンの治療薬が次々と発見され、少し光がさしてきましたが、町の病院でも熱心な先生方が研究発表していると聞きました。何事も研究熱心な日本人の事ですので、明るいニュースを期待したいものです。

熱心に歩く練習をする人は別として、いったん脳梗塞に罹れば四ないし五年はリハビリが必要と思う人が多いようですが、できるだけ短期間に社会復帰をしたいものです。

私も退院以来デイサービスで軽いリハビリを二年程やってきましたが、新聞で新しい治療法の記事を見て、早速にお願いして現在治療を受けています。私の不自由な左足に軽い電流を流して足を挙げやすく、歩く練習が楽です。のんびりムードの現状からなんとか逃れたいと思う一念ですが、矢っ張り病気の治療に専念する大病院は、町の療法士さんと違った方法で満足させてくれます。

脳梗塞は気の遠くなるような病、そのリハビリに至っては五年近くの辛抱が必要ですので人生の試練と思い覚悟するしかありません。私にしてみれば、歩くことは生きることに通じます。

歩くということがいかに大事か、よちよち歩きのわが子のことを思い出しながら、もう一度大道を闊歩してみたい。わが老いの坂にせめての輝きが欲しいと思い、杖をついて歩く練習の毎日です。

短歌で辿る欧州旅行

古くは万葉の昔から、私ども日本人は様々な思いやりや情景を歌に詠んできた。旅の楽しさとともに美しい外国の風景を詠えば、愉しさがさらに増してくるのではないか。旅の中に創作を求めることは、なお一層味わいぶかいものになる。

平成八年十二月二十七日　晴

元気な間にもう一度愉しい旅を。関西空港よりヨーロッパ旅行に出発する。最初の目的地ドイツのフランクフルト空港まで所要時間十二時間、同行の妻は骨折で治療中のため多少の不安があるも、喜んで機上の人となる。機は晴天の本州を縦断して日本海へ、さらに日本海を北上して東シベリアのウラジオストク上空より西に進む。まもなく夕日に光るバイカル湖を遥か遠く左に見ながらエニセイ川の上空に至る。

シベリアの大地に凍るエニセイ川
　蛇行かさねて地の果てまでも

出発してから六時間余り、機内食を食べながら窓の外をのぞく。ところが太陽は一向に西の空に没することがない。地平線上に沈まぬ太陽が、夕焼けのように輝いたままである。

西の空沈まぬ夕陽まのあたり
東の空には七色の虹

機はさらに西に向かって飛んでいる。機内のテレビ案内を見ると、バルト海辺りか、西北の空に高く明るい陽の光が見える。そばにいた日航のパーサーに聞けば「あれもオーロラでしょう」と、何の関心も示さない様子で「以前のようにアラスカのアンカレジ経由であれば、赤緑色の素晴らしいオーロラがみえました」と付け加えてくれた。

北天に沈まぬ夕陽オーロラを
子供のようにはしゃぎ眺める

久方ぶりに童心に帰って眺める大自然の美、旅はこれがあるから止められない。

いつまでも沈まぬ夕陽右にみて
　　　　　　　　バルト海より針路南に

長かった滞空時間もようやく終わり、フランクフルト空港に着く。さすがに大空港である。雪で凍りついた路面をリューデスハイムに向かう。聞けばヨーロッパは四十年ぶりの大寒波だという。寒暖計を見ればマイナス十度である。

西欧のいずこも同じ大寒波
　　　　　　　　その名お馴染みシベリア気団

なんだか新聞特派員の記事のようになる。雪の積もったアウトバーンを経て、ライン川に面した、中世のお城のような古いホテルに着く。夕飯までの間粉雪の舞うライン川の堤防を散歩。帰路最寄りのハンバーガー店に立ち寄る。ここドイツではクリスマスは盛大にお祝いするという。そのせいか赤いロウソクを何本もともしている。ワインを飲みながら静かに談笑する老若男女多数を見る。

ロウソクの灯をともしつつワイン飲む
　肩寄せ合って何を語るや
北の国氷点下続くこの大地
　冬はタブーか欧州旅行

十二月二十八日　曇時々雪

早朝よりライン川の右岸をドライブする。不思議なことにこの川には橋がない。世界的に有名なローレライを中心として、上下流併せて十キロメートルの間には、中世の名残をとどめる観光地として、橋は作らせないという。絶壁の両岸にはブドウ畑が点在し、数多くみられるお城、トンネルの出入り口にも城のデザイン。さすがドイツである。

中世の古城の並ぶライン川
橋一つなし昔のままにて

有名なライン観光を終わり、雪原を昇る太陽を見ながら中世の名残を残す町、ハイデルベルクに向かう。中でも普仏戦争時代の名城ハイデルベルク城を見学する。観光客の半数は日本人、言葉が通じないのでやむを得ず集団で行動するので、ジャパニーズピイプルとよびすてにされる。

時移りブドウ畑に君臨す
世界遺産のベルク要塞

ライン川

十二月二十九日　曇

本日は簡単なドイツ観光を終え、オーストリアからスイスへと五百キロメートルの強行軍の予定である。しかも雪のアルプス越えときている。早朝六時にロマンチック街道に向かう。

幸いにしてドイツ人ドライバーはハンドルは確かなようである。英単語を一つ一つ丁寧に並べて話すので、会話の苦手な私には聞き取りやすい。相手する美人ガイドの大城さんも頼もしい限りである。

ドナウ川流域に沿って走るロマンチック街道には、数多くの古城が見られる。中世のドイツで行なわれた騎士団による分割統治のせいなのであろう。

中世の城を眺めてひた走る

その数なんと十八と聞く

ドイツ最後の観光地ノイシュヴァンシュタイン城を訪れる。このお城は、中世の城の中でも最も美しいといわれ別名白鳥城とも呼ばれている。ここでも日本人観光客の多いのには驚かされる。立ち並ぶ店も円が通じ極めて便利である。この美しいお城は、若きハンサムな王様の築いた夢のようなお城だが築後三ヶ月で退位させられたという。悲劇の主人公はいずこも同じで、後々までも民衆に慕われる。そのためか親子ずれが多く、皆さん歩いてお城に上る。

外国の歴史遺産と思えども
伝えし人に感謝して観る

白鳥城を後にして、いよいよ雪のアルプス横断である。

やせ地の多いアルプス山脈の麓では放牧場が意外に多い。是はドイツ、オーストリア、スイスともに同じようである。

アルプスの移牧の里に雪積もり
暖炉の煙ほのかに昇る

放牧の囲いの観える銀世界
超えればそこは国境の町

ドイツ観光を終えて、車はオーストリアからスイスへと進む。地続きのヨーロッパではバスに乗ったまま国境を通過、乗務員の単なる手続きだけで終わる。自動車事故にも合わずアルプス越えも無事終わり、今夜はアストリア・ルツェルンホテルに泊まる。

雪原を超えればそこはオーストリア
人影まばら国境の町

十二月三十日　晴

今朝も早朝六時より、グリンデルワルトへ向かう。相変わらず移牧場の続く山裾の雪原を過ぎて、風光明媚な湖畔の登山道にさしかかる。

雪の花樹氷の続く登山道
　　行きかう車みなスキー積む

いよいよスイス旅行のクライマックス、世界最高地の電車駅ユングフラウヨッホに登る。

世界的なスキーのメッカだけあって、途中駅はまるで人種のるつぼである。特にアメリカ人の服装は、

スイスの登山鉄道・ユングフラウ鉄道

きらびやかではしゃいでみえる。岩石を砕いて掘ったトンネルをいくつも潜り二時間半かかって頂上駅に到達する。

正月をゲレンデで過ごす家族連れ
　　　　さすがスイスはスキー王国

最後七キロメートルのトンネルをくぐると、そこは海抜三四五〇メートルのユングフラウ駅に到達する。

アルプスの氷河目指してトンネルを
　　　　くぐればそこは頂の駅

世界一高い所にある郵便局、面白いのは日本の赤いポストがあること。さっそく孫にはがきを書く。駅より少し歩いて頂上に登り大氷河を見渡す備え付けの寒暖計をのぞくと、マイナスの二十一度である。思わず身震いする。

六十路過ぎ酸素ぶそくに耐えながら

望みかなえてアルプスに登る
風もなく雲ひとつなき頂に
アレッチ氷河をまのあたり見る

下山後、素晴らしい高速道路を通って、今夜の宿泊地ジュネーブに向かう。さすがに観光地だけあって、主なる道路は除雪作業が行き届いている。それにしても、延々一五〇〇キロメートルに亘るバス旅行中、一度も交通事故を目撃しなかったのは幸いだった。

フランス国境に近く、有名なロマン湖のそばにあるこの町は、首都ベルンよりも国際的に有名である。

平和都市・国際都市のジュネーブと
歴史で習いし昔懐かし

標高 4,158 m の山・ユングフラウ

十二月三十一日　曇時々晴

列車の出発時間に合わせて今朝も早朝六時にホテルを出る。ジュネーブ駅では、現地の女性ガイドが出迎えてくれる。如何にも洗練されたこのガイドの説明は「ジュネーブ位住みやすいところはありませんが、日本の東京と同じく物価の高いところが難点です。スイスでうまれたスイス国籍のわが子を将来国際人として育てていくのを楽しみにここジュネーブにすんでいます。二人の子供が成人すればもちろん東京に帰ります」とのこと。

故郷を遠く離れてジュネーブで
　わが子のために暮らす母親

スイス最大のジュネーブ駅より、国際列車にてパリに向かう。列車は間もなくスイスを過ぎて北フランスに入る。雪降る田園地帯を眺めながら仮眠中、「おめでとう」の挨拶に起こされる。現地時間午前八時四十五分は、日本時間では新しい年の始まりであり、年越しそばを食べながら除夜の鐘を聞く時間に当たる。

行く年の鐘の音思い雪原の
　国際列車でくる年向かう
外国で除夜の鐘なし新年を
　互いに交わすおめでとうさん

雪も次第にやんで午前十一時、寒波の襲うパリ東駅に到着する。当地もここ数日来寒波で日中の最高温度がマイナス五度とか、大都市に住むホームレスが一六〇人も凍死したという。寒いドイツ・スイスを通ってきたおかげで、寒さ特に感じず。

大晦日いずこも同じ駅前の
　　　歳の暮れなる人の往来

早速バスでパリ市内周遊、最初にベルサイユ宮殿を見学。宝塚歌劇のベルばらを思い浮かべる。その華やかさと、人生の悲劇は裏腹であるように感じる。いずれにせよフランスに栄光あれの遺物となる。それにしてもその豪華さは、目をみはるばかり。同じ宮殿内の庭園も本日は全面白の化粧中で、変わった雰囲気をかもしだす。

幾たびか歴史舞台にベルサイユ
　　　栄枯盛衰世の習いとか

真冬日で待つこと久しベルサイユ
　　　凍りついたる石畳かな

平成九年一月元旦　晴

このホテルには二泊の予定。久方ぶりにゆっくり休む。ここフランスのホテルではハッピー・ニューイヤーの声は聴かない、新年を祝う習慣がないのが疑問である。郊外のホテルのため早朝の混雑を避けてパリ市内のノートルダム寺院へ。日本でいえば鎌倉時代、有志の寄付金により半世紀の年月を経て建立したという。面白いのは正面よりも、裏門のほうがはるかに豪華である。そのため別名バックシャンのお寺というそうである。フランス人らしい呼び方である。

中世の建立と聞くこの寺院
　豪華を競うシャンデリアかな

浄財で半世紀経て完成と
安らぎ担うノートルダム寺院

記念撮影を終わり、コンコルド広場を歩く。フランス革命で数千人の人々が処刑されたという。死刑広場もコンコルドと名も変わり、市民の憩いの場所となっている。この広場よりシャンゼリゼ大通り、凱旋門を回りパリ万博の名残、エッフェル塔に上る。江戸時代徳川幕府と薩摩藩が、競って参加したというエピソードを思い出す。水利用による古いエレベーターは一つだけ記念に残しているとのこと。塔に吹きすさぶ寒風にはまいってしまう。

エッフェル塔

なにしおう凱旋門にエッフェル塔

歴史を飾る遺産の数々

名所観光を終え、地下鉄にて市内周遊。日本と変わっているのは客がドアーの開け閉めをする点で、ドアーを開けたまま走っている。これがかえって安全かも知れない。さすが芸術の都パリだけあって、地下鉄構内の広告看板までユニークなのに驚かされる。ところが下車駅を間違え道にまよってしまう。親切な親子連れのイギリス人に出合い、おかげで夕暮れホテルに戻る。噂には聴いていたがフランス人は英語のスピーチが嫌いなようである。パリにたちよった目的のひとつルーブルはお正月でお休み、がっかりする。

それでルーブル美術館の代わりにパリのセーヌ川に浮かぶ遊覧船に乗ることにする。

真冬日にセーヌに浮かぶ遊覧船
あまりの寒さに人影まばら

一月三日　晴

パリの北駅を憧れのユーロスターでロンドンに向かって出発、親しくなったガイドは、一番前の先頭車にすわらしてもらう。列車は雪積る大平原を一路ドーバー海峡を目指して進む。聞けばこの列車は日本が誇る新幹線と同速度で走るとか。

　パリを出でユーロスターは夢にまで
　　みしトンネルに今し入りゆく
ドーバーのトンネルわずか二十分
　　ユーロスターは夢の特急

欧州を襲った寒波は、ここイギリスも一面の銀世界で予定より大幅に遅れて素晴らしいロンドン駅に着く。

新年を祝うがごとく晴れわたり
　雲一つない霧のロンドン

名物の冬霧いずこ空青く
　憧れの町ロンドンに着く

在英二十年という日本人の女性の案内で、早速有名なバッキンガム宮殿に向かう。

休日で主のいないバッキンガム
　寒さ厳しく待つ人もなく

バッキンガム宮殿の見学を終わり、すぐ近くのトラファルガー広場でネルソン提督の立像を見学する。小説でお馴染みのロンドン塔、ここの塔はテムズ川の畔にあり、窓が極端に小さく狭いので異様に感じる。いくたの歴史上の人々が投獄・幽閉された中世のお城でもある。古代ケルト人がテムズと名付けたように確かにこの川の水は暗い。ガイドに聞けば、原因は川の底のくろい粘土だそうであるとのこと。

その昔無敵艦隊撃破セリ
　片腕ネルソン雪中に立つ

初春を祝うがごとく霧晴れて
　黒き水面のテムズにあそぶ

今回の旅最大目的である大英博物館を訪れる。世界中から集めた遺物を入場料不要で、誰にでも見せてくれる。ここでもゲリラを警戒してか、持ち物の検査は厳重である。西アジア・エジプトの古代遺物を中心に半日かけて鑑賞する。

ミイラ見て生けるがごとしその顔に
　ピラミッドのなぞ解ける気がする

一月四日　晴

本日は出発まで全員自由行動。タクシーでドライブを楽しむ。有名なハイドパーク公園・科学博物館など各所をめぐる。どこへ行っても市街地は綺麗に掃除され、市街の各通りには通り名が表示されているので、外国人でも迷わず散歩を楽しめる。

この寒さ人影のないハイドパーク
　　鈍い日差しに鳩も動かず
高緯度で冬日の多いこの町に
　　緑の木々の公園あまた

楽しい旅も終わり、ヒースロー空港にむかう。時間待ちのため空港内を散策中、ふと第二次世界大戦中のイギリスの戦争映画をおもいだす。たしか題名は頭上の敵機であった。

旧敵国の飛行場に来て、戦争中魚雷を抱いて飛び立っていった先輩の特攻機の姿を思い浮かべる。もちろん帰らぬ人となった。

愛機にてロンドン撃つと予科練の
　友思いつつヒースローに立つ

来る時と同じくドイツ・フランクフルト空港に立ち寄りフランスからの客を待って帰国の途につく。時間を日本時間にあわす。

一月五日　曇

帰りはエコノミーなので少しばかり窮屈、それでも長旅のせいかよく眠れる。長時間かけてメモ帳の整理をする。来るときはシベリアの空はちぎれ雲が多く、天気は荒れ模様であったが、帰りはジュウタンをしいたような白い雲が浮いているように見える。旅の疲れか、仮眠を繰り返しながら日本時間四時三十分。予定どおり関西空港に無事帰着する。

駆け足でめぐり歩いた欧州路
　思い出ふかしアルプスの山々
新年を異国ですごす喜びを
　歌にしるして思いあらたに

あとがき

井上　桂作

短歌も川柳と並んで長らく楽しんできました。

何時も川柳の本ばかり出していると、短歌も少しは残したくなり、簡単な「短歌で辿る欧州旅行」だけでも、川柳と同じ冊子に載せることにしました。

振り返れば、旧制中学二年生のころ、姉より短歌を習ったのが最初でした。姉は当時有名な女流歌人「与謝野晶子」の熱心な信奉者で、丁度先生の亡くなられた頃とおもいます。

旅心については、近くに住んでいた先輩で浄土宗のお坊さんが「旅ほど楽しいものはないが、若いうちに行けば行くほど効あり」と勧められ、貧乏しながらも旅行費用を四十代から積み立てていました。

英会話の少しできる家内と二人して、世界三十三ヶ国を見て回りました。もう少し若い時から旅行をしていれば、私の人生は変わっていたかもしれません。広い世界のどこに行っても、日本人旅行者を見受け安心して、旅を楽しませてくれました。また日本への電話の通じない中国の奥地のホテルでも、英語が通じるのにはつくづく感心させられます。

お蔭で六大陸全部に足を運びましたが、残念なのは南極大陸には行けなかったことです。歌人の斎藤茂吉の奥方は、夏は南極で過していたと、息子の北杜夫の随筆で見受けました。南極大陸はすべて氷の上ですので、飛行機の離着陸はすべてその上になります。南米のアルゼンチンよりの料金が特別でしたのであきらめることにしました。

お隣の中国へは、日中平和条約が結ばれた後、例の天安門事件十ヶ月後もう安全かと思い、前後六回も足を運びました。黄河の上流から珠江の観光まででつぶさに見て回りました。一般に反日思想が表面化していない頃で、あのいやらしい眼で見られることもなく、まだ昔ながらの中国を見学することができました。或る時、不注意にも路上で煙草を吸っていると中国人が寄ってきて、ひと箱分たかられました。通訳によれば「日本製の変ったタバコが珍しかったのでしょう」との意見です。

もう二十年も前になりますか、初めて中国へ行こうとしたとき半日も伊丹空港で待たされ、夕刻に飛び立ったのはよかったもののロシアの大型機は、エンジンの調子が悪く、もうだめかと「南無阿弥陀仏」と唱えながらこれが最後かと思ったこともありました。アメリカ製の機種に変るまで安心できなかったことを忘れません。

海外旅行も最近の若い人の間ではイタリア旅行などが常識になっているようです。変っているのは、イタリアの恋人に会いに行く日本人女性が多いのには驚かされました。

ドイツのフランクフルト空港に着き、イタリアのローマ行に乗換えると、ハンサムなイタリア人男性が座席で待っています。デートにお金を使ってしまったのか、ジュースを買うお金も無くなった女性にごちそうしたこともありました。

ヨーロッパの遺産の四割はイタリアにあるそうですが、観光地イタリアではどこへ行っても親切です。イタリアの男性は特に女性に対して優しいようですが、日本人男性も見習わなければなりません。

さらに中国へは、公認会計士をしている長男が会社からも派遣されて、上海・北京に二年間ほどいましたので、孫の二人を連れて何回も足を運ぶことになりました。それに学生時代、桜島大根の原産国が不明でしたので、確かめようとして早朝ホテルを出て近くの市場を見て回りました。ところが黄河の上流に行ったとき、日本へは電話も通じない奥地のホテルの近くの市場で、子供の頭ほどの大根を見つけました。

早速買って帰りホテルで切り開いてみると中は「ス」（大根・牛蒡等の芯に多くの細い孔を生じた部分を言います）になっていました。生のままでは、帰国の際、税関がうるさいと通訳に言われホテルの女性に与えて帰りました。

広い世界を回ってきましたので、いろいろと変った話に多く出くわしましたが、一番関心したのはアメリカとカナダの国境に住んでいるイギリス人の事です。第二次世界大戦中、日本の空軍によって撃沈されたイギリスの戦艦「プリンス・オブ・ウェールズ」を偲んで建物を建て写真等を飾り、旧敵国日本人でも見学できます。この不沈戦艦を慕って昔を偲んでいると聞き、驚かされました。大戦が終わり約七十年、最近の韓国人の態度を見ればわかるように、戦争というのがいかに厳しいものかつくづく反省させられます。

平成二十六年八月

【著者略歴】

井上桂作（いのうえ・けいさく）

1929年生まれ。

京都農林専門学校卒業（現京都府立大学）。

立命館大学法学部卒。学生時代より短歌に親しむ。

朝日カルチャーセンターで橘高薫風、片岡つとむ両先生より川柳の指導を受ける。2000年川柳塔社同人。

リハビリ

○

2014年 9月15日　初版

著　者

井　上　　桂　作

発行人

松　岡　　恭　子

発行所

新　葉　館　出　版

大阪市東成区玉津1丁目9-16 4F 〒537-0023
TEL06-4259-3777 FAX06-4259-3888
http://shinyokan.ne.jp

印刷所

第一印刷企画

○

定価はカバーに表示してあります。